30 Avril 1896.

V

VENTE DU JEUDI 30 AVRIL 1896

HOTEL DROUOT, SALLE N° 7

à deux heures

PORCELAINES & FAIENCES

PORCELAINES DE LA CHINE ET DU JAPON

PORCELAINES VARIÉES

FAIENCES DE ROUEN, MOUSTIERS, DELFT, ETC.

Objets divers

EXPOSITION PUBLIQUE

LE MERCREDI 29 AVRIL 1896

DE 1 HEURE 1/2 A 5 HEURES 1/2

COMMISSAIRE-PRISEUR

Me PAUL CHEVALLIER

10, rue Grange-Batelière, 10

EXPERTS

MM. MANNHEIM Père et Fils

7, rue Saint-Georges, 7

CONDITIONS DE LA VENTE

Elle sera faite au comptant.

Les acquéreurs payeront *cinq pour cent* en sus des adjudications.

L'exposition mettant le public à même de se rendre compte de l'état et de la nature des objets, il ne sera admis aucune réclamation une fois l'adjudication prononcée.

Paris. — Imp. de l'Art. E. MOREAU et Cie, 41, rue de la Victoire.

DÉSIGNATION DES OBJETS

PORCELAINES DE CHINE

FAMILLE VERTE

1 — Plat à bords festonnés en ancienne porcelaine de Chine, famille verte : au fond, haie fleurie, oiseaux et ustensiles; au marli, carrelages et réserves fleuries.

2 — Plat creux en ancienne porcelaine de Chine, famille verte : rochers et arbustes; bordure quadrillée avec attributs.

3 — Plat creux en ancienne porcelaine de Chine, famille verte : rochers, branches fleuries et oiseaux; réserves d'oiseaux sur fond pointillé en bordure.

4 — Plat en ancienne porcelaine de Chine, famille verte : personnages et habitation; marli carrelé.

5 — Deux assiettes en ancienne porcelaine de Chine, famille verte : petit chariot traîné par un cerf; rinceaux au marli.

6 — Deux petites assiettes, presque semblables, en ancienne porcelaine de Chine, famille verte; rochers, branches fleuries et oiseaux; marli carrelé et à réserves.

7 — Six petits plats en ancienne porcelaine de Chine, famille verte : vases et ustensiles divers; fleurs au marli.

8 — Quatre petits plats en ancienne porcelaine de Chine, famille verte : oiseaux et arbustes; au marli, fleurs avec poissons dans des réserves.

9 — Petit plat en ancienne porcelaine de Chine, famille verte : branches fleuries et oiseaux; marli à réserves sur fond carrelé. Marque, au revers, du Musée japonais de Dresde.

10 — Petit plat en ancienne porcelaine de Chine, famille verte : arbustes et oiseaux; marli orné de réserves fleuries sur fond quadrillé. Marque, au revers, du Musée japonais de Dresde.

11 — Plat creux en ancienne porcelaine de Chine, famille verte : fleurs et rochers ; marli décoré de carrelages et de réserves contenant des attributs variés.

12 — Plat creux en ancienne porcelaine de Chine, famille verte : branches fleuries.

PORCELAINES DE CHINE

FAMILLE ROSE

13 — Plat rond en ancienne porcelaine de Chine, famille rose : haie fleurie ; rinceaux au marli.

14 — Assiette en ancienne porcelaine de Chine, famille rose : fleurs, avec lambrequin au marli.

15 — Assiette creuse en ancienne porcelaine mince de la Chine, famille rose : branches fleuries.

(*Vente Fournier.*)

16 — Deux assiettes creuses en ancienne porcelaine mince de la Chine, famille rose : branches fleuries et insectes.

(*Vente Fournier.*)

17 — Assiette en ancienne porcelaine de Chine, famille rose : personnages; marli carrelé rose et à réserves de fleurs.

18 — Petit compotier en ancienne porcelaine de Chine, famille rose : fleurs ; à la chute, médaillons de fleurs.

(*Vente Fournier.*)

19 — Compotier en ancienne porcelaine de Chine, famille rose : branches fleuries ; décor semblable à celui de l'assiette n° 87.

(*Vente Fétis.*)

20 — Plat à bords festonnés en ancienne porcelaine de Chine, famille rose : fleurs; marli à fond vermiculé et réserves de fleurs.

21 — Plat en ancienne porcelaine de Chine, famille rose : fleurs ; marli à réserves de fleurs avec lambrequins bleus.

22 — Deux assiettes en ancienne porcelaine de Chine, famille rose : ustensiles divers ; marli décoré de fleurs.

23 — Cinq assiettes en ancienne porcelaine de

Chine, famille rose : oiseaux sur des rochers et fleurs; marli à compartiments de fleurs.

24 — Six assiettes creuses en ancienne porcelaine de Chine, famille rose : trois personnages dans un jardin; au-dessus d'eux, un fong-hoang voltigeant.

25 — Assiette en ancienne porcelaine de Chine, famille rose : volailles et fleurs.

26 — Assiette en ancienne porcelaine de Chine, famille rose : grue et fleurs; lambrequins au marli.

27 — Assiette en ancienne porcelaine de Chine, famille rose : deux oiseaux sur un arbuste.

28 — Assiette en ancienne porcelaine de Chine, famille rose : rouleau déplié et fleurs.

29 — Assiette en ancienne porcelaine de Chine, famille rose : fleurs; grues au marli.

30 — Assiette en ancienne porcelaine de Chine, famille rose : canards et fleurs.

31 — Assiette en ancienne porcelaine de Chine, famille rose : paon et fleurs.

32 — Quatre assiettes en ancienne porcelaine de Chine, famille rose : décor de fleurs en couleur et en blanc sur blanc.

33 — Cinq assiettes variées en ancienne porcelaine de Chine, famille rose : fleurs.

PORCELAINES DE CHINE VARIÉES

34 — Deux assiettes en ancienne porcelaine de Chine, à décor de style européen ; au fond, double écusson d'alliance supporté par deux levriers et timbré d'une couronne ducale ayant un lion pour cimier ; au marli, ces écussons sont répétés deux fois chacun et reliés par des draperies.

35 — Deux petits plats en ancienne porcelaine de Chine, décor bleu : femme et enfant dans une habitation ; marli carrelé et à réserves. Nien-hao de Tching-hoa.

(*Vente Fournier.*)

36 — Petit plat en ancienne porcelaine de Chine ;

décor en grisaille et or; armoiries de marquis; paysages et couronne de marquis au marli.

37 — Assiette en ancienne porcelaine de Chine: corbeille de fleurs; ustensiles divers au marli.

38 — Assiette en ancienne porcelaine de Chine, décor de style européen : deux personnages dans un paysage.

39 — Assiette en porcelaine de Chine: réserves de personnages sur fond vermiculé bleu.

40 — Assiette en ancienne porcelaine de Chine: rouleau déplié et fleurs; marli orné de réserves en grisaille sur fond de rinceaux bleus à lambrequins.

41 — Assiette en ancienne porcelaine de Chine : au fond, armoiries supportées par deux griffons; marli décoré en bleu, de fleurs et d'ustensiles variés.

42 — Assiette : femme faisant de la musique; derrière elle, un meuble et des ustensiles variés; marli à réserves sur fond brun. Chine.

43 — Trois assiettes variées en ancienne porcelaine de Chine, décor bleu : fleurs.

44 — Assiette en ancienne porcelaine de Chine, décor bleu : personnages.

45 — Assiette en ancienne porcelaine de Chine, décor bleu : ustensiles, fleurs et lambrequins.

46 — Assiette en ancienne porcelaine de Chine, décor bleu : oiseau et fleurs; compartiments rayonnants au marli.

47 — Plat : oiseaux et fleurs. Chine.

48 — Plat creux en ancienne porcelaine de Chine : arbuste et fleurs.

49 — Deux plats creux en ancienne porcelaine de Chine : fleurs ; à la chute, réserves de fleurs et lambrequins.

50 — Quatre pièces : petits vases et petites bouteilles variées, émaillés bleu turquoise, bleu empois, bleu jaspé et bleu uni. Chine.

51 — Dix-neuf pièces : petits vases, flacons et bouteilles émaillés vert camélia. Chine.

52 — Sept pièces : petit vase et petites bouteilles émaillés noir. Chine.

53 — Trois petits vases émaillés bronze. Chine.

54 — Deux petits vases émaillés : l'un, rouge sang de bœuf, et l'autre, rouge lie de vin. Chine.

55 — Trois petits vases variés. Chine.

56 — Vingt-cinq pièces : flacons et petits vases émaillés jaune moutarde craquelé. Chine.

PORCELAINES DU JAPON

57 — Grand plat en ancienne porcelaine du Japon, décor bleu, rouge et or, vase de fleurs; au marli, rouleaux dépliés et chrysanthèmes sur fond bleu.

58 — Plat creux en ancienne porcelaine du Japon, décor bleu, rouge et or rayonnant, à compartiments de fleurs.

59 — Plat en ancienne porcelaine du Japon, décor bleu, rouge et or : fleurs et attributs.

60 — Plat en ancienne porcelaine du Japon, décor bleu, rouge et or : fleurs et vase; au marli, des fleurs.

*

61 — Plat en ancienne porcelaine du Japon, décor bleu, rouge et or : paysage; marli à fond quadrillé et à réserves.

62 — Plat creux en ancienne porcelaine du Japon, décor polychrome : rochers et fleurs ; marli orné d'oiseaux et de rinceaux bleus.

63 — Plat creux en ancienne porcelaine du Japon, décor bleu, rouge et or : vase de fleurs; chute à compartiments.

64 — Plat creux en ancienne porcelaine du Japon, décor bleu, rouge, noir et or : chrysanthèmes ; marli à réserves d'animaux chimériques.

65 — Deux petits plats creux en ancienne porcelaine du Japon, décor bleu, rouge et or : rosace et branches fleuries.

66 — Deux petits plats en ancienne porcelaine du Japon : dragon dans une réserve étoilée ; marli à fleurs et animaux chimériques.

67 — Deux petits plats en porcelaine du Japon : au centre, paysage en bleu et or; alentour, fleurs et oiseaux en rouge et or.

68 — Petit plat en ancienne porcelaine du Japon, décor bleu, rouge et or : vase de fleurs ; lambrequins au marli.

69 — Assiette à bords festonnés : haie fleurie. Japon.

70 — Huit assiettes en ancienne porcelaine du Japon, décor bleu, rouge et or, aux armes des La Trémoille.

71 — Six assiettes creuses en ancienne porcelaine du Japon, décor bleu, rouge et or : jeux d'enfants.

72 — Bol à bords ajourés : corbeille de fleurs. Japon.

73 — Deux soucoupes variées. Japon et Indes.

74 — Compotier en ancienne porcelaine de la Compagnie des Indes: écusson armorié et fleurs.

75 — Plat rond en ancienne porcelaine du Japon, décor bleu, rouge et or : murs d'une ville et arbustes.

76 — Deux plats ronds, presque semblables, en ancienne porcelaine du Japon, décor bleu, rouge et or : haie fleurie et branchages.

PORCELAINES DIVERSES

77 — Assiette en ancienne porcelaine tendre de Sèvres : oiseaux ; au revers, l'indication de l'espèce : *Pie-grièche rousse de France ;* marli à œils de perdrix sur fond vert. Les ors par *Vincent;* le décor par *Bouillat* et *Taillandier*. Année 1791. Pièce du service de Buffon.

78 — Assiette en ancienne porcelaine tendre de Sèvres, décor doré, rinceaux en bordure, par *Chauvaux fils.*

(*Vente Watelin.*)

79 — Deux petits plats, presque semblables, à bords contournés, en ancienne porcelaine tendre de Sèvres, décor de fleurs.

(*Vente Watelin.*)

80 — Petit plat, à bords contournés, en ancienne porcelaine tendre de Sèvres : fleurs en couleurs et gaufrées sous couverte.

81 — Assiette creuse en ancienne porcelaine tendre de Tournay : fleurs.

(*Vente Fétis.*)

82 — Assiette en ancienne porcelaine tendre de Tournay : fleurs ; gaufrures au marli.

83 — Assiette creuse en ancienne porcelaine de Saxe : oiseaux ; marli orné d'un lambrequin carrelé bleu.

84 — Assiette creuse en ancienne porcelaine de Saxe : chasse aux canards ; marli orné d'un carrelage vert.

85 — Assiette en porcelaine de Saxe-Marcolini : fruits et oiseaux ; bords ajourés.

86 — Assiette en ancienne porcelaine de Frankenthal : oiseau sur un arbuste ; au marli, grappes de raisin et écussons aux armes de Bavière.

87 — Assiette en ancienne porcelaine de Venise, décor polychrome et doré : arbustes et fleurs de style japonais.

(*Vente Fétis.*)

FAIENCES DE ROUEN

88 — Fontaine-applique à deux robinets, avec couvercle à décor polychrome : corbeille de

fleurs et fruits, lambrequins, motifs rocaille, bandes à fond bleu avec mascarons et têtes en relief et ronde-bosse. Ancienne faïence de Rouen.

Haut., 55 cent.; larg., 36 cent.

(*Collection Antiq.*)

89 — Assiette à bords contournés; décor polychrome à la corne tronquée. Ancienne faïence de Rouen.

(*Collection Antiq.*)

90 — Assiette, décor polychrome avec corbeille fleurie au centre; au marli et à la chute, ornements avec quadrillés, guirlandes et pendentifs. Ancienne faïence de Rouen.

91 — Plateau à décor rayonnant bleu et rouille avec pendentifs; le piédouche manque. Ancienne faïence de Rouen.

92 — Bannette, décor à la corne; marque P. C. en vert. Ancienne faïence de Rouen ou Sinceny.

93 — Assiette en ancienne faïence de Rouen, décor bleu et rouille: corbeille de fleurs avec lambrequin au marli.

94 — Plateau rond, même faïence, décor bleu et rouille, à rosace et lambrequin ; le piédouche manque.

95 — Petit plat en ancienne faïence de Rouen, décor bleu et rouille : corbeille de fleurs ; lambrequin à quadrillés et palmettes au marli.

(*Vente Maze-Sencier.*)

96 — Plat en ancienne faïence de Rouen, décor polychrome à la double corne.

97 — Autre plat en ancienne faïence de Rouen, décor polychrome à la double corne.

98 — Assiette en ancienne faïence de Rouen ; au centre, fruits polychromes ; au marli, lambrequin à quadrillés en bleu et rouille.

99 — Assiette en ancienne faïence de Rouen, décor bleu : oiseau au centre ; lambrequin de corbeilles de fleurs et rinceaux au marli.

100 — Assiette en ancienne faïence de Rouen, décor bleu : panier de fleurs sur un motif de ferronnerie ; lambrequin au marli.

101 — Assiette en ancienne faïence de Rouen, décor polychrome : panier de fleurs ; marli à fruits et fleurs sur fond bleu.

102 — Assiette en ancienne faïence de Rouen, décor polychrome à la pagode.

103 — Compotier à bords contournés en ancienne faïence de Rouen : haie fleurie, oiseaux et fleurs.

104 — Petit plat à bords contournés en ancienne faïence de Rouen, décor polychrome : vase de fleurs, corne d'abondance et réserve de paysage.

105 — Bannette en ancienne faïence de Rouen, décor bleu : écusson armorié timbré d'une couronne comtale ; lambrequin à la chute.

106 — Bannette en ancienne faïence de Rouen, décor bleu à mascarons et rinceaux ; lambrequin à la chute.

107 — Compotier en ancienne faïence de Rouen, décor polychrome à la corne tronquée et à la haie fleurie.

108 — Deux assiettes à bords contournés, en an-

cienne faïence de Rouen, atelier de Levavasseur : fleurs; petites réserves quadrillées au marli.

(*Vente Ploquin.*)

109 — Assiette en ancienne faïence de Rouen, atelier de Levavasseur : oiseaux et arbuste.

110 — Assiette, décor bleu : double écu d'alliance timbré d'une couronne de marquis. Ancienne faïence de Rouen.

111 — Assiette, décor bleu : écu armorié, timbré d'une couronne de comte. Ancienne faïence de Rouen.

112 — Assiette, décor polychrome de style japonais, à la haie fleurie; lambrequin au marli. Ancienne faïence de Rouen.

FAIENCES DE MOUSTIERS

113 — Bassin à bords contournés, en ancienne faïence de Moustiers, décor bleu : au fond, écusson armorié, timbré d'une couronne comtale au milieu de motifs à la Bérain.

114 — Plat long et creux en ancienne faïence de

Moustiers, décor polychome : Triomphe d'Amphitrite.

115 — Plat long à contours, décor jaune orangé ; au fond, bouquet de fleurs ; au marli, bouquets de fleurs et fleurettes. Ancienne faïence de Moustiers.

116-117 — Deux petits plats variés, décor vert et orangé : personnages grotesques et fleurs. Ancienne faïence de Moustiers.

118 à 121 — Huit petits plats variés, décor vert : personnages grotesques et fleurs. Quelques-uns portent la marque d'*Olery*. Ancienne faïence de Moustiers.

122 — Deux petits plats variés, décor manganèse : personnages grotesques et fleurs. Ancienne faïence de Moustiers.

123 — Petit plat, décor bleu : oiseaux et fleurs. Ancienne faïence de Moustiers.

FAIENCES DE DELFT

124-125 — Deux assiettes, décor polychrome, dit au tonnerre. Ancienne faïence de Delft.

126 — Assiette, décor bleu et rouge : haie fleurie et oiseaux. Ancienne faïence de Delft.

127 — Assiette, décor polychrome : rosace; bordure étroite au marli. Ancienne faïence de Delft.

128 — Assiette, décor bleu et rouge : fleurs et oiseaux au centre d'une rosace ; bordure étroite au marli. Ancienne faïence de Delft.

129 — Deux assiettes variées, décor polychrome : chien et oiseau ; oiseaux et vase de fleurs. Ancienne faïence de Delft.

130 — Deux assiettes variées, décor polychrome : haie fleurie, fleurs. Ancienne faïence de Delft.

131 — Deux assiettes, décor polychrome : fleurs dans des compartiments. Ancienne faïence de Delft.

132 — Deux assiettes variées dont une creuse, décor bleu : arbuste et fleurs. Ancienne faïence de Delft.

133 — Deux assiettes, décor rayonnant polychrome : fleurs. Ancienne faïence de Delft.

134 — Assiette en ancienne faïence de Delft, décor polychrome et or de style japonais : corbeille de fleurs et lapins dans les réserves.

135 — Assiette en ancienne faïence de Delft, décor bleu, rouge et or de style japonais : haie fleurie.

136 — Assiette en ancienne faïence de Delft, décor polychrome et doré : arbustes fleuris et oiseaux.

137 — Plat en ancienne faïence de Delft, décor bleu, rouge et or de style japonais : personnages et haie fleurie.

138 — Plaque à angles arrondis et rentrants, décor bleu de style chinois : collation dans un paysage ; bordure à moulures décorée de fleurs. Ancienne faïence de Delft.

(*Collection Arosa.*)

FAIENCES DIVERSES

139 — Assiette en ancienne faïence de Castel-Durante : trophées en grisaille sur fond bleu-lapis. Datée 1547.

(*Collection Léguillon.*)

140 — Compotier en ancienne faïence de Pesaro,

XVIIIe siècle : au centre, un papillon ; à la chute, compartiments de quadrillés et carrelages.

(*Vente Fétis.*)

141 — Assiette en ancienne faïence de Lodi : décor polychrome de fleurs ; rinceaux et quadrillés au marli.

(*Vente Fétis.*)

142 — Assiette en ancienne faïence de Savone : fleurs et écusson armorié timbré d'un casque.

(*Vente Dupont-Auberville.*)

143 — Plat en ancienne faïence italienne : sujet allégorique.

144 — Plat creux en ancienne faïence italienne : cavalier.

145 — Bouteille à décor bleu, de style chinois : personnages. Ancienne faïence de Nevers.

Haut., 32 cent.

(*Collection Arosa.*)

146 — Petit groupe : la Vierge et l'Enfant Jésus ; décor bleu et jaune. Ancienne faïence de Nevers.

Haut., 21 cent.

(*Collection Arosa.*)

147 — Deux pièces, Nevers : saladier et assiette.

148 — Assiette en ancienne faïence de Saint-Cloud, décor bleu : rosace au fond, petit lambrequin au marli.

(*Vente Delaherche.*)

149 — Compotier en ancienne faïence de Lille, décor bleu : rosace au centre ; petit lambrequin en bordure.

(*Vente Delaherche.*)

150 — Assiette en ancienne faïence de Rennes, décor bleu rehaussé de jaune : oiseau au centre, corbeilles de fleurs et lambrequins à la chute.

(*Vente Dupont-Auberville.*)

151 — Plat rond en ancienne faïence de Sinceny : branches fleuries ; bordure quadrillée à réserves.

152 — Plat long en ancienne faïence de Marseille : fleurs et insectes.

153 — Assiette en ancienne faïence de Marseille : fleurs.

(*Vente Davillier.*)

154 — Assiette en ancienne faïence de Strasbourg : fleurs.

(*Vente Fétis.*)

155 — Assiette en ancienne faïence de Lorraine : au fond, médaillon, paysage animé ; bordure de hachures bleues.

156 — Deux pièces : théière et pot à lait avec couvercles, à décor de fleurs en relief et unies, anse à personnage. Ancienne faïence de Lorraine.

157 — Deux statuettes pouvant se faire pendants en ancienne terre de Lorraine : la baigneuse, de Falconet, et Pâris ; base en marbre rouge griotte.

158 — Plat en ancienne faïence de Rhodes : fleurs et palmettes polychromes.

(*Vente Davillier.*)

159 — Plat en ancienne faïence de Rhodes : décor de motifs réguliers.

(*Vente Fétis.*)

160 — Assiette en ancienne faïence de Hœchst : écusson armorié, timbré d'une couronne ducale et guirlandes.

161 — Deux fruitiers à bords ajourés ; faïence de Creil.

162 — Petit plat creux, décor bleu : armoiries ; fleurs à la chute. Allemagne.

163 — Petit plat : personnages se promenant; au second plan, des habitations. Faïence du XVIIIe siècle.

164 — Quatre petits plats variés en faïence, genre Rouen.

OBJETS VARIÉS

165 — Deux plats creux en émail cloisonné du Japon : oiseaux et motifs géométriques sur fond vert.

166 — Dix gardes de sabres japonais en shakoudo chagriné, avec applications d'or, d'argent, etc. (Sera divisé).

167 — Garde de sabre japonais en sentokou.

168 — Quatorze gardes de sabres japonais en fer. (Sera divisé).

169 — Petit groupe en ivoire teint : personnages et dragon. Japon.

170 — Petit groupe en ivoire : femme et deux enfants. Japon.

171 — Petite boîte en pierre de lard : sur le couvercle, personnage et poisson. Chine.

16

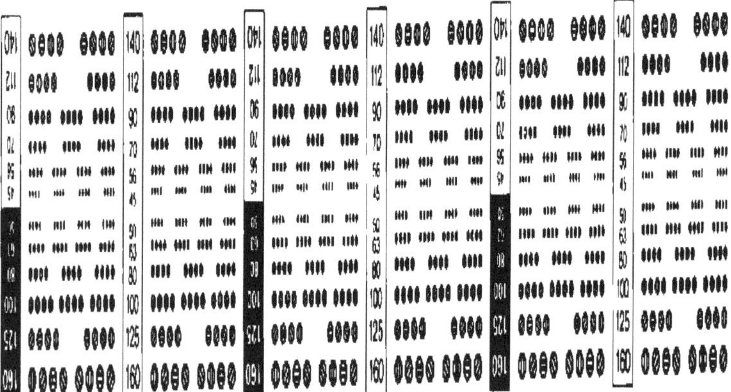

MIRE ISO N° 1
NF Z 43-007
AFNOR
Cedex 7 - 92080 PARIS-LA-DÉFENSE

379.89.70
graphicom

www.ingramcontent.com/pod-product-compliance
Ingram Content Group UK Ltd.
Pitfield, Milton Keynes, MK11 3LW, UK
UKHW022146260726
13993UKWH00005B/2196